문학과지성 시인선 260

거미는 이제 영영 돼지를 만나지 못한다

김중 시집

문학과지성 시인선 260
거미는 이제 영영 돼지를 만나지 못한다

초판 1쇄 발행 2002년 2월 4일
초판 3쇄 발행 2015년 4월 30일

지 은 이 김 중
펴 낸 이 주일우
펴 낸 곳 ㈜문학과지성사

등록번호 제1993-000098호
주   소 121-894 서울 마포구 잔다리로7길 18(서교동 377-20)
전   화 02)338-7224
팩   스 02)323-4180(편집)   02)338-7221(영업)
전자우편 moonji@moonji.com
홈페이지 www.moonji.com

ⓒ 김 중, 2002, Printed in Seoul, Korea

ISBN 89-320-1307-1

문학과지성 시인선 260

거미는 이제 영영
돼지를 만나지 못한다

김중

2002

시인의 말

시간이 흐를 수록
서서히 기화하는 잉크로,
이 시집이 인쇄된다면 얼마나 좋을까?

2002년 2월
金中

거미는 이제 영영 돼지를 만나지 못한다

차례

▨ 시인의 말

제1부 寄生現實

詩 / 11

습작 시대 / 12

단발머리 / 14

향연 / 16

겨울비 / 18

진공 / 20

세바스토폴 거리의 추억 / 22

개 / 24

난초 / 25

산책 / 28

모자이크 / 30

병상 일기 / 32

그가 던진 주사위가 심연에 떨어지는 동안 / 34

면사포 / 36

새벽, 호텔, 창가 / 38

피아노 / 40

하지의 정오 / 42

寄生現實 / 43

제2부 妓生現實

冬春 / 49

자화상 / 50

자유부동 / 52

절벽에서 / 54

악수 혹은 친화력 / 56

1989년 겨울 / 58

힘 / 59

酒神의 지팡이 / 60

公無渡河 / 62

소매치기 / 64

물에서 떠오르는 도끼 / 66

해변, 조약돌 / 68

우아하지 않은 나비 / 69

사랑 / 70

네모난 삼각형 / 72

거품 / 74

포옹 / 76

妓生現實 / 78

제3부 旣生現實

수증기 / 83

목련나무 / 84

희생 / 85

숲 속의 작은 집 / 86

허기, 잔인한 / 88

현기증 / 89

천사 / 92

꿈 / 94

蛙傳 / 95

西遊記 1 / 100

西遊記 2 / 101

西遊記 3 / 102

西遊記 4 / 103

西遊記 5 / 104

西遊記 6 / 106

西遊記 7 / 107

西遊記 8 / 108

별똥별 / 109

해설 · 절망의 현실과 희망의 의지로서의 시 · 오생근 / 111

제 1 부
寄生現實

詩

    벼락이, 하늘과 땅을 찢어 이으며, 길 하나 불 질러 놓았다. 아무도 가지 못하는……저 불타는, 울부짖는, 눈먼……길 하나.

습작 시대

역광을 뚫고 느낌표 한 마리, 쿵쿵! 쿵! 나에게 왔다

목 없는 드라이아이스가 김을 쏟으며 푸드덕 날아갔다

광속으로 도는 창백한 팽이, 콘크리트 바닥을 뚫는다

구멍난 상체를 일으키며 사격장 표적이 날 노려볼 때

대가리를 틀어막은 코르크 마개들은 폭죽처럼 터졌다

목마른 이파리를 흔들며 칼춤 추는 미친 나무들아

저기 관을 뚫고 자라는 건 머리칼이냐 뿌리냐?

구워……버린 뱀이, 도막도막 달빛에 빛날 무렵

땀구멍 없는 육신들은 발작적으로 술을 토하고

취한 고참, 소반을 뒤집으며 착한 년의 뺨을 친다

흙탕물 속에서 힐끗 잠수교가 드러나는 저 장관!

여관방 TV 앞에 엎드려 마감뉴스를 보는 너

모르는 너의 마른 등허리에 나는 손가락으로 썼다

사랑하는 내 마음은 빛과 그리고, 그리고 그림자

간지럽다며, 너는 내 옆구리를 우수수 뜯었겠지만

단발머리

무너지는 복서의 동공처럼 천천히 풀어지는 하늘

불쾌한 내장을 좋은 볕에 널어 말리고 싶었다

각설탕 같은 아가씨들이 푸석푸석하게 웃을 때

애인의 노트 귀퉁이에 흘려 쓴 문장을 하나 훔쳤다

나는 세상이 꾸는 악몽, 죽고 싶어

말문이 터진 아이의 입에서

아무도 대답하지 못하는 질문들이 쏟아지자

빛의 핏줄들이 그 여린 볼에 잔인한 빨판을 뻗었지

행인들이 찍고 간 白熱의 발자국이 식어 숯불이 되고

감은 눈꺼풀 가득 휘날리던 불의 깃발들

구겨진 은박지처럼 반짝이는 이 오후를

어금니를 꽉 물고 찢어버린다, 아—

돌멩이 속에서 돌풍이 불고 벤치는 새순을 내미네

몇 개의 생을 건너뛰며 청승이 말라붙은 자리

부러진 구닥다리, 우린 병신춤을 추며 허약했지만

……

눌어붙은 아랫목에 핀 나팔꽃 하나 꺾어 주면

단발머리, 단발머리 나풀거리며 애인이 산다

향연

피부 아래

神은 세상의 모든 아름다움을 숨겨놓았네

똥을 밀어내는 창자와 벌떡거리는 심장

싱싱한 허파의 붉은 나이테……

너무나 아름다워 우리는 구토하고야 말지

우리의 피부 아래

생명은 피범벅! 고치처럼 얽혀 휘감겨 있네, 거기

아름다움은 징그럽고 징그러움은 아름다워라

궤양으로 짓무른 환한 위장과

벌레가 뚫어놓은 주검의 구멍들

난자가 자라는 점액질의 자궁, 거품, 거품……

벌어진 상처에는 기름이 굳어 하얀 막이 생기고

너무나 아름다워 우린 다 토하고야 만다네

하지만, 저 반투명의 벽을 찢고 나오는

태아는 얼마나 기괴한가?

실수로 혹은 일부러 떨어뜨려도

너는 부서지지 않고 야멸차게 우는구나

겨울비

거미는 다각형의 착시 속으로 기어들어갔다

거대한 엉덩이가 샌드위치를 삼키고

웅덩이를 핥던 개는 슬픈 트림을 했다

김을 뿜는 지하철 환기통 위에 잠든 부랑아

구름에 총구멍이 숭숭 뚫리고 가는 비가 내린다

우아하게 달려오는 자동차마다

낯설고 행복한 먼지의 거실, 성탄의 전나무

─群의 행인들이 도형수처럼 횡단보도를 건널 때

가로등은 필라멘트를 드러내며 천천히 달아오르고

천사가 늙은이를 벼랑으로 떠민다

과열로 갈라진 채 헐떡거리는 저 늙은 砲身

원망할 것 없다네

우리가 태어난 것은 이 삶을 원했기 때문이 아닌가?

지붕 위, 새끼 고양이가

앞발로 빗물을 훔치며 중얼거렸다

정육점 창문 너머에 걸린 두 줄기 붉은 내장!

거미는 세계의 저쪽 편으로 빠져나와

이제, 영영 돼지를 만나지 못한다

진공

아이가 엄마 젖꼭지 실밥을 자꾸 풀었다

비둘기는 베란다의 매듭을 쪼고

바람이 비둘기 부리의 고름을 헤친다, 서랍을 열면

삑삑 장난감처럼 튀어나와 돌돌 말리는 공간들

접혀 있는 공간들

매듭 끊긴 베란다가 장막처럼 펼쳐지자

비둘기 평면도는 나풀나풀 추락하고……

주름진 허공의 위벽, 돌기와 돌기 사이에서

움직이지 못하는 먼지들의 깊은 목구멍

미로를 찾아가는 영웅처럼 아이는

실밥을 풀어내며 먼 곳으로 사라지고

너덜너덜 목만 남은 엄마가 운다, 가지 마 제발

돌! 아! 와!

진공의 유리창을 빠악, 빠악 긁어대는

저 피맺힌 손톱들을 보라

이보시오, 나를 좀 펴주시오

누가 허락도 없이 우릴

이렇게 접어놓았단 말이오?

세바스토폴 거리의 추억

태엽이 돌아가면서 인형은 춤을 추기 시작했다

누군가의 은밀한 회상 속으로 나는 끌려 들어갔다

바이올린은 높은 도에서 온종일 떨었고

흰 머리칼 휘날리며 빨간 눈을 치켜뜨네

머리끝에서 발끝까지 두근두근

저주해, 사랑해, 저주해……

끝없음과 끝없음이 지상을 스쳐 잠시 만날 때

빛이 끌어내는 색깔의 형식으로 신음하는 사물들

어둠 속에 뿌리내린 식물들의 신성한 마비와

심연 위에 펼쳐지는 미로의 얼굴, 얼굴들

우리는 고통에 의미를 부여하는 법은 알지만

그 끝이 무언지 결코 모르지 않던가?

시를 읽으면, 앉은뱅이 벌떡 일어나고

시를 읽으면, 광인이 맑은 눈빛으로 엉엉 울고

시를 읽으면, 살고 싶은 마음이 얼마나 간절한지

나, 일곱 원소로 분해되어 이렇게

당신 눈꺼풀에 매달려 있는데……

개

개는 묶인 줄만큼 자유롭다. 줄의 길이가 개의 시민권
이며 그 끝은 영혼의 낭떠러지.

외로운 개는 친구를 만나면 똥구멍을 벌린다.

고독의

자랑스런 구린내를 맡아보라는 듯이.

난초

암시장에서 혈액봉투를 사온 친구는 난초에 피를 준다

테크노바의 파편 조명, 좀비들이 대마초를 피운다

샌드니 石門 사이로 차갑고 음울한 바람이 불 때

안개와 빗방울을 뚫고 건달 같은 새들이 몰려다녔다

이 꽃이 피어나면 그때 서울로 돌아가겠어

미친놈 정신 차려, 여기가 소돔이면 거긴 고모라야!

야광바지를 번쩍거리며 창녀가 모호하게 흔들렸다

젊음이 젊음을 못 보듯 지옥에서 시 쓰는 자는 없어

하지만, 죄 많은 것들만이 아름다운 이유는 뭘까?

그때, 허공의 門을 열고 해골이 천천히 걸어나왔다

텅 빈 눈구멍 가득 누가 꽃을 꽂았나?

장미 한 송이 쓱 뽑아 건네는 저 야윈 손가락

마디마디 백묵처럼 부러져 바닥에 떨어지고……

약 기운에 허우적거리던 좀비가 거리에 쓰러진다

머리 위를 선회하는 수호천사의 관자놀이에

여자가 신경질적으로 권총을 당겼을 때

  노란 성냥불

         노란 꽃잎

    노란 날개

              노란 하늘

     노란 눈동자

               노란 피가

머리칼을 적시네

저걸 받고야 말겠어

친구가 거품을 물고 달린다

아름다운 것은 왜 죄인가?

해골이 허공의 門을 닫고 뚜벅뚜벅 걸어가던 밤

안개가 몹시 자욱하던 밤

산책

오늘, 저 운하에 흐르는 붉은 포도주와 붕어떼

지붕들은, 갓 구워 노릇노릇한 식빵이요, 개떡이요

가로수마다 기름 흐르는 비곗덩어리 매달려

흙을 움켜쥐면 하얀 설탕, 거친 소금이었다

늦잠 자던 자들이 꿈에서 아름다운 세상을 보았네

어쩔 줄 몰라 외투를 걸치고 산책을 나오네

성스런 계시란 늘 모호하기 짝이 없는 것 아닌가?

그러나 감히 누가 부정할 것인가 — 현실은 기적!

지하철 마그네틱 띠에 성냥을 그으면 불꽃이 피고

잘린 팔로 구걸하는 자의 손목이 다시 돋아나

새들이 제 새끼를 알아보고 지렁이를 물어 오네

희생은 늘, 말없던 자들의 결단임을 이젠 안다

생마르탱 운하에 모래 푸는 돛단배가 지나가면

주황색 황혼을 박쥐들은 예각으로 분할하고

수면 위에 끊어진 채, 빛의 촌충들이 몸부림친다

우리의 혼돈을 너희들, 함부로 모방하지 마라!

오늘, 저 운하에 흐르는 붉은 지붕들과 쓰레기

사람들은, 갓 구워 노릇노릇한 식빵이요, 개떡이요……

모자이크

유리 구름들이 신경질적으로 구겨지고 있었다

......

까맣고 부드러운 백사장에 누워 수평선을 본다

눈부신 죄수들은 일렬로 빛의 레일을 깔고 있다

세상의 중심에 묶여 뱅뱅 돌아 미쳐가는 암캐

풀을 당기면 지하의 손들이 뿌리를 꽉 쥐고 버틴다

(오, 오후는 사악하다)

햇빛을 부러뜨려 그 미지근한 수액을 핥는데

잘린 손가락은 가만히 초인종을 누르고

눈을 감으면, 딩동!

교활한 머리통이 녹아내리네

(고막을 찢고 끝없이 기어나오는 저 개미떼)

유리 구름에서 예리한 우박들이 떨어져 내릴 때

미장원 간판, 여자의 전기 머리칼이 노랗게 탔다

성숙을 멈추고 분열하기 시작한 나의 영혼처럼

수백 개의 태양이 지지 않는 저 오후들의 하늘

어느 날 이렇게 시작된, 끝없는 모자이크놀이

병상 일기

1

깨어보니, 응급실 침대다. 붕대에 감긴 오른팔 정맥에 투명한 물약이 똑, 똑, 똑, 스며든다.

2

깨어보니, 침대 옆 의자에서 어머니가 졸고 계신다. 어떻게 알고 오신 것일까? 가만히 "엄마" 불러본다. 어머니는 내 얼굴을 빤히 쳐다보시더니 쓸쓸하게 말씀하신다. "내가 네 엄마로 보이니?"

3

깨어보니, 아무도 없다. 누가 응급실의 불을 껐단 말인가? 미친 새끼들. 창밖 마로니에 가지가 바람에 심하게 흔들린다. 다들 어디로 간 거지? 물 좀 줘, 목이 탄다, 목이 아프다!

4

깨어보니, 새벽 거리. 나는 쓰러져 있다. 주섬주섬 일어나 진열장을 본다. 이 시간에 누가 창문을 닦고 있을까? 자세히 보니, 유리에 비친 나였다. 피식, 돌아서는데 창문에 하얀 김이 서렸다 지워진다. 다시 보니 이 시간에 창문 닦는 노파였다.

5

깨어보니, 어디인지 모르겠다. 어디인지 모르면서도 왜 모든 침대를 응급실 침대라고 생각하는 거지? 옆에 있는 환자를 흔들어본다. 여자는 수면제를 먹은 모양이다. 어쩌면 죽은 것인가? 법정에서 내 결백을 증명할 궁리를 한다.

6

깨어보니, 응급실 침대다. 붕대에 감긴 왼팔 정맥에 투명한 물약이 똑, 똑, 똑, 스며들고 있었다.

그가 던진 주사위가 심연에 떨어지는 동안

......

과속으로 질주하던 응급차가 가로수와 충돌했다

집시 노파가 내 손금을 보고 침묵했다

투명 해파리들이 유연하게 상승하고 있다

군밤 파는 화덕에서 솟구치는 열기였다

어젯밤, 더듬이가 네 개 달린 바퀴벌레를 보고도

죽이지 못했다, 기형의 마성 같은 것, 魔性!

(유일무이한 것들이 누리는 연장된 삶이랄까?)

세상에서 가장 행복한 사람은 사산아지요

손가락이 손바닥에 붙어버린 그 여자가 지껄였다

중상을 입은 자들을 이송하기 위해

몇 대의 응급차가 번쩍거리며 질주해오고

나는 불행을 두려워하지 않기로 한다

웅성거리는 백치들 틈으로 하얀 시트에 덮인 몸

불룩하게 솟아오른 배를 본다, 한 늙은 거지가

긴 낚싯줄 끝에 깡통을 매달아놓고 졸고 있었다

면사포

여자들의 사타구니에는 물렁물렁한 거울이 있어

그 뒤에 벌거벗은 귀신들이 모여 꽃단장을 하네

옷을 입어야 우리 눈에 보이지, 대머리도

나체도 무섭지 않아, 옷을 입어야 환각이 오네

하얀 소복, 긴 머리칼, 교복이나 성직자의 법복

여자가 다리를 벌리고 따뜻한 거울을 넓게 펴면!

저것은 숨쉬는 마야의 베일

냄새와 비명은 빠져나오지만 형상은 갇혀 있구나

너무 가까운 것을 눈이 보는 일은 없어

뒷걸음치다

뒷걸음치다 돌아서 달려가면 거긴 불타는 城

번개를 후려치고, 神들은 황급히 도주한다

그리스에서 간다라로, 南朝에서 백제까지

메두사, 비틀거리며 걸어온 그 길을 거꾸로 간다

시간은 길고 아름다운 두 다리를 갖고 있지

가벼운 본능으로 그 깊은 살을 벌리면……

세상 모든 거울들이 피눈물을 흘린다

세상 모든 거울들이 피눈물을 흘린다

새벽, 호텔, 창가

사정의 순간, 고환을 환하게 돌아나오는 정액은

얼마나 신속한가? 감전된 동물의 몸이 바지직 탈 때

그 뼈, 살, 피가 빠르게 늙어, 순간 놈은 폐허가 되지

후광의 열기에, 자위하는 성당은 천천히 녹아 흐르고

벼락치기 직전, 구름의 격정으로 하늘은 꿈틀거린다

검은 마귀와 검은 천사가 뒤엉켜 싸우는 이 地上에서

거미는 실을 잣고 돼지는 밥을 먹네

비 내리는 東驛의 플랫폼에

돼지는 도착하고 거미는 떠나네, 따뜻한

젖가슴 출렁거리며 여자들은 종종걸음 출근을 하고

나이트클럽 철문이 단두대처럼 떨어져내릴 때

가장 늙은 빛의 나무가 눈부신 뿌리를 뻗다——번개!

여기는 그렇다면 九天의 지하란 말인가?

때늦은 회한이, 가슴을 찢으며 천둥으로 터져

쏟아진 더러운 정액을 얼굴에 처바른……한 사내

미친놈처럼 웃고 있던, 새벽 그 호텔의 창가

피아노

아이들이 돋보기로 지렁이를 태워 죽이며 논다

생나무에 대못을 박고, 돌아서며 한 번 더 박는다

쥐덫에 걸린 생쥐는 척추가 부러져 있었고

정박아는 피아노의 파 건반을 오래 누르고 있다

아이들이 강아지 목을 매달고 몽둥이로 때리며

희뜩희뜩 웃는다

무인도를 찾아 가출할 궁리를 한다

뜨건 물을 부으면 쩍 갈라지는 빈 어항

벌겋게 익은 금붕어를 화분에 심는다

단단한 벽에 부딪혀 이빨이 다 부러진 햇빛이

젖은 바닥에 아픈 주둥이를 비벼대고 있는데

아이들이 정박아를 황제로 모시고

저 먼 세상에 버리고 돌아오던 날

강철 쥐덫에 허리가 부러져 혀를 빼문 생쥐

깜깜한 마루에서 저 혼자 울리던 피아노 소리

하지의 정오

세계는 열매 하나 맺고 싶어서

가랑이를 한껏 벌리고 햇빛을 쪼인다

어쩌면 좋으랴 하지의 정오

하지의 정오 어쩌면 좋으랴

빛 한 줄기 등허리에 손톱 쑤셔 박으며

사랑에 미친 세계가

웃다, 흐느끼다, 까무러친다

寄生現實

꿈은 결코 실현되지 않는다. 왜냐하면 꿈이란 예언인
동시에, 그 예언의 실현이기 때문이다.

1

난간에 걸터앉아 저 아래를 내려다본다. 화분을 들어
살짝 떨어뜨려본다. 까마득! 바스러진다. 화초는 벗은
여자처럼 흰 하반신을 드러내고 낮은 바닥에 납작하니
누웠다.

2

내가 움직이면 자꾸 누가 죽어. 걸음마다 남들의 예쁜
정원을 파괴하네. 고야의 거인처럼, 나는 매우 커졌다.
숨자. 차라리 숨어버리자. 매우 광활한 곳에.

3

거울 속의 나를 만진다. 손가락이 닿자마자, 거울은
조롱하듯 천천히 쪼개진다, 아주 천천히……세상 가장

내밀한 곳에 떨어진, 저 정교한 벼락. 스치는 환영들만 뱀처럼 기어 심연을 건널 뿐, 갈라진 내 얼굴은 다시 붙지 않는다. 불길하다. 모든 것이 불길하다.

4

존경하는 선생님과 커피를 마시며 담소를 나눈다. 그가 나를 따뜻하게 격려하고⋯⋯난 감동하여 떨리는 목소리로, "너는 개-새끼야."

5

술에 취하면 여자들의 동공이 재떨이로 보여, 거기에 담배를 끄고 싶다. 아름다운 여자들의 까만 눈동자. 나는 거기 담배를 끄지 못하고, 무서워, 마구 울었다.

6

언제부터인가, 광장과 밀실이 모두 공포였다. 내가 숨쉴 수 있는 유일한 곳——광활한 난간의 문턱에 엉덩이

를 걸치고 나는 오래 살았다. 대부분 저 아래를 내려다
보았지만, 가끔은 밤하늘의 별도 쳐다본 것이 사실이다.

별, 위험한 빛!

제2부
妓生現實

冬春

　서러운 뱀이 기어가네, 기어……가네……가도 또 가도 서러워 어쩔질 못하고 그만 뚝! 뚝! 뚝! 부러져버리네.

　봄비 내리는 山.

　슬픈 뱀 山……

자화상

내 영혼에 집 짓고 사시는 병든 귀신들이여
완고한 마귀들이여, 요절한 조상들이여

일생의 고통이란 지나가는 바람처럼 헛되지만

모든 헛것들과 나 순한 마음으로 싸우고 있으니

내 앞에 이제 겸손하게들 나타나시지

가여운 원한과 노여운 원망일랑
내가 이제 풀어드리리

내 육신에 집 짓고 사시는 병든 귀신들이여
완고한 마귀들이여, 요절한 조상들이여

이제 그만들 퍼먹으시지, 거두시지 숟가락들을

내가 원하지 않는 한
미치지도 죽지도 않을 것이니, 행여

나 미치거나 죽으면 어디에 집 짓고 또 사는가?

뜨거운 목욕물에 머리를 박고
울음도 웃음도 없는 가쁜 숨을 달게 쉬며

물 위에 어른거리는 병든 너희들을 씻어준다
일그러진 저 얼굴들을 보라

오! 나의 자화상이여

자유부동

나는 날마다 떠오른다

물을 먹은 시체처럼 약간 부은 얼굴과
이끼 낀 팔다리를 허우적거리며

물을 먹은 찻잎처럼, 뿌리가 끊어진 수초처럼

나는 아무것이나 마구 휘감고
가벼운 것들이 아롱거리는 수면으로 떠오른다

거기

햇살이 끊임없이 자폭하는 눈부신 지뢰밭

부서진 사물들이 완만하게 착지하지만
넘실대는 물살에 다시 출렁이는 무게의 묘지

거기로 나는 떠오른다

납의 추를 달고도 부상하는 야광의 찌처럼

숨쉬러 올라오는 가쁜 고래처럼

중력과 부력이 어깨를 대고 싸우는
저 영원한 非-변증법의 나라로

나는 날마다 추방당하는 것이었다

절벽에서

무를 썰다 바람이 놀다 간 자리를 쓰다듬는다

파랗게 멍들어 있었다

절벽에 매달린 사람의 눈에도 파란 멍이 있고

사람을 매단 절벽의 어깨에도 파란 멍이 있고

바람이 살살 부는 날

간신히 잊어버린 옛날 여자와

언젠가 잊어버릴 지금 여자가 또 다투지만

바람이 세게 부는 날은 바람들이 다 꺼진다

촛불이 꺼지면 촛불을 다시 켜듯

바람이 꺼지면 바람을 다시 켜고

절벽이 꺼지면 절벽을 다시 켜고……

매달린 자가 손을 놓아도 떨어지지 않는 절벽은

자기도 언젠가 매달려본 절벽

놀다 가는 바람의 다리를 붙잡고 울어본 절벽

악수 혹은 친화력

1

모든 사물들은 손잡이를 갖고 있다. (가령, 고무장갑
같은 사물은 몸 전체가 아예 손잡이다.) 사용하기 전에
우리는 먼저 그들과 악수를 해야 한다. "내가 좀 귀찮게
해도 괜찮겠어?" 이렇게 묻듯이 말이다.

2

신병 훈련소 시절, 수류탄을 처음 손에 쥐고서 오, 나
는 얼마나 떨었던가? 안전핀을 뽑아들고도 결국 던지지
못했다. 나만큼이나 겁이 많은 수류탄 그 자식이, 터지
기 싫어서 내 손을 꼭 붙들고 놓아주지 않은 것이다. 연
병장 구석에 머리를 박고 옆구리를 차이며 그렇게 생각
했다.

3

할머니처럼 늙은 사물들은 왜 손을 잡고 우는가? 임
종의 어두운 방. 탈난 배를 쓸어주던 마술 손이 검고 앙
상한 가지로 변하던 그때, 믿을 수 없을 만큼 강하고 불

편했던 악력을 나는 잊지 못하리라. 사라지기 직전의 사물이 남긴, 마지막 흔적. 푸른 멍.

4

카페 테라스에 앉아 이런 상념에 잠겨 있었다. 봄의 나무들, 수많은 겨드랑이에 연한 손들이 바람과 악수한다. 아직 읽지 않은 페이지를 휙 넘기며 작은 손가락들이 도레미파⋯⋯솔라시도⋯⋯거리 저편 상이군인 둘이 포옹하고 있다. 방아쇠를 당기고 작부의 가슴을 더듬던 자리, 이제는 강철 물음표를 꽂고, 강철 물음표를 서로 걸고, 힘껏 안는다. 골똘히 깍지를 끼다가, 아뿔싸, 깨닫는다.

오른손이 그리웠던 왼손이 내 머리 속에 슬픔을 만들어 넣고는 마침내 나 몰래, 저희들끼리 악수를 하고 있는 것이 아닌가?

1989년 겨울
──新林은 항구다

거긴 숲이었는데 늘 배들이 지나갔다. 해적선 깃발처럼 두개골과 뼈다귀가 널려 있었다. 도처에서 가수들은 노래를 불렀다. 주차장 가로등 아래서 담배를 피워 무는데, 세상을 다 덮어버릴 양 눈이 쏟아졌던 것이다. 바다가 얼었어요. 제기랄 바다가 몽땅 얼어붙었어. 춥긴 춥구나. 여긴 사랑이 없는 곳이다. 그래도 입김은 풍성했고, 물결은 자꾸만 밀려왔지. 신기하게……묶인 배들을 가만히 흔들어댔던 거야. 아편쟁이의 겨드랑이처럼, 역겹고 정겨운 체취가 코를 찔렀네. 역사에서 살다 시간 속으로 죽어간 사람들이……시간에서 죽어도 다시 늙수그레, 역사에서 태어났네. 거긴 숲이었는데 항구처럼 작부집도 많았고, 시궁창도 많았고, 우는 년들도 많았지. 아니, 바다가 몽땅 얼었다는데 말이야……졸졸졸 썩은 물은 쉬지 않고 흘러갔다. 어느 날, 내기 당구에서 좀 잃고 돌아오다가, 수채에 버려진 노트 한 권을 보았다. 이런 제기랄.

종이는 종이의 집으로 잉크는 잉크의 집으로 가고 있었다. 나는 숨쉬는 것조차 귀찮았다.

힘

각양각색의 나무들, 수많은 풀들. 비탈을 따라 뿌리를 내리고, 천 갈래 만 갈래 바람 따라 휘어져, 같은 것 하나 없이 萬象의 시야는 시시각각 변하지만

밤이 오면 불현듯 그 자리엔 검은 山!

어두운 새 한 마리

육중하게 웅크리고 알을 품는다.

酒神의 지팡이

우리의 손가락 끝, 지문의 소용돌이가 돌고, 나무를 자르면 나이테가 돌고, 회를 떠놓은 연어의 살은 둥근 결들로 현란한 단층.

시간이 지나간 자리마다 저렇게 나선형의 무늬들이 남아 있어, 어린 뼈 위에 한 겹 또 뼈가 쌓이고⋯⋯골수가 빈 새들은 소리의 동심원들을 부수며 날아간다.

하지만 나 이젠, 파문이 퍼지는 곳마다, 늘 조용히 가라앉는 돌멩이를 하나 보네. 물결이 사라진 이후에도, 바닥 없는 저 심해로 놈은 영원히 추락하는 것이네.

나방처럼

날개 위에 부릅뜬 눈알만을 남기고, 무모한 저 영혼은 뱅뱅 돌아 허겁지겁, 불 속으로 사라진 거야.

옳아! 사는 게 소용돌이라면 죽는 것은 직선이지. 내려치는 번개를 휘감고 올라가는 땅의 기묘한 덩굴이라.

우리가 사랑을 할 때, 사랑 속에서 하나는 돌고 하나는 떨어져, 우리 결코 사랑하지 못하네.

하나는 표면에 머물고 하나는 끝없이 어둠 속으로 잠겨, 우리 결코 사랑하지 못하네.

나방이 불꽃에 타고 돌멩이가 수면을 찢을 때

그때 우린 늘 눈 감고 있어, 결코, 결코, 사랑하지 못하네.

公無渡河

오늘은 기차 타고 옛날에 우리 주접떨던 강가에 갔지

낙엽 타는 연기를 따라 어두운 강 굽이굽이 걸었네

민박집 창문에 눈 내리던 속 쓰린 아침

깨어나는 너의 눈동자에서 내 눈동자까지

한없이 끝도 없이 날아가던 그 철새들, 그랬던가?

늙어 죽을 때까지 애틋함의 이름으로 살 수 있다면

어리석은 인생 용서받지 못하리

하지만 저무는 강가를 바라보며 어쩌자구

또 저무는 강가가 그리워

나 길 잃은 똥개처럼 중얼거렸네

깃발을 흔들던 미친 바람은 어디로 갔는가?

돌멩이를 쪼개던 햇빛의 망치는 또 어디로 갔는가?

차가운 강물에 손을 담그고 이제

발톱이 자라면 발톱을 깎고

눈썹이 자라면 눈썹을 깎고

설움이 자라면 설움을 깎고

검은 강 담근 내 손목에 사랑사랑 파문을 보내며

총총히도 가는구나 너, 白首狂婦야

소매치기

나는 모든 물질들이 잠시 머물다 떠나는 지갑
영혼마저, 악어의 흉측한 가죽으로 만들어졌네

뱃속에서 끓고 있는 삭은 밥알과 콩나물 대가리
뇌수에 파문을 일으키고 침전하는 저들의 목소리

어느 날, 누가 나를 열고 빳빳한 희망을 찔러주면

창녀처럼 고마운 심정으로
삶의 성감대를 열심히 빨아주지

배고프고 불운한 면도칼이 서툴게 나를 찢어
값싼 感傷 하나 훔쳐 튀어도 이제 키득거리지 않네

기억의 실밥과 실밥 사이에는 얼마나 틈이 많은가?

한때, 문장의 정교한 거미줄로 그 틈
아름답게 지우기를 꿈꾸었지만……

오고 가는 것들 막을 수 있을지 몰라도

우린 결코 손댈 수 없는 길이 있다네

나는 모든 물질들이 머물다 떠나는 작은 처마

비 맞은 지붕, 겨울 공원, 텅 빈 지하철, 빈방

돌아와 두 손을 호호 비비면 밤의 난로처럼 빨갛게
달아오른다, 호주머니 속에

어느 싱싱하던 냉혈 파충류의 흙빛 피부 한 조각!

물에서 떠오르는 도끼

카드를 뒤집으니 네잎클로버가 나왔다

사십오 분을 넘어가지 못하고 까닥거리는 초침

편지를 다 쓰시다니 父도 이제 나이가 드신 것이다

힘세고 오래가는 새 건전지로 갈아드리고 싶다

근육의 섬유질이 닭다리처럼 탱탱해질 때까지

공상으로 깎은 도끼로 후회로 키운 숲을 친다

올해는 누각을 하나 짓고 거기 술상을 보도록 하지

父, 달밤 밟아 오실 때……母, 산나물 뜯으시면

누룩 뜬 곡주를 내어, 달아, 달아, 밝은 달아!

도끼가 손을 떠나 연못에 풍덩 빠지고

카드를 뒤집으니 이번에도 네잎클로버다

푸른 날을 세우며 武器는 천천히 떠올랐다

고마워, 나는 얼떨떨하게 너를 꼭 쥔다

이제 뒤집어 보지 않기로 한다

다음 패가 무엇인지 나는 이미 알고 있었다

해변, 조약돌

　햇빛에 달아오른 저 金빛 심장들은 아주 천천히 뛰지. 천 년 들이쉬고 만 년 내뿜는 거야. 저것들, 어디서 왔는지 모르지만, 죽은 것이 아니라 느리게 사는 것이네. 간혹, 운이 좋으면 우리 마음이 그 숨결을 느끼는 수도 있어. 헤엄치고 나온 아이가 깨금발을 뛰는 저기, 조약돌 하나 멍멍한 귀에 대어보잖아? 갑자기 내 귀 속에서 뜨거운 눈물이 주르륵 흐르는데……

우아하지 않은 나비

그림 안에서 그림을 무너뜨리며 이동하는 소실점

角을 바꿀 때마다 시간의 관절들이 탈골한다

꽃밭은 꽃밭 위에 흰 뼈들의 꽃밭

연못은 연못 위에 흰 뼈들의 연못

인연은 인연 위에 흰 뼈들의 인연, 인연?

주리를 틀 때마다

부서져내리는 저 고통의 은가루들

사랑

곱추 여자가 빗자루 몽둥이를 바싹 쥐고

절름발이 남편의 못 쓰는 다리를 후리고 있다

나가 뒈져, 이 씨앙-놈의 새끼야

이런 비엉-신이 육갑 떨구 자빠졌네

만취한 그 남자

흙 묻은 목발을 들어 여자의 흰 등을 친다

부부는 서로를 오래 때리다

무너져 서럽게도 운다

아침에 그 여자 들쳐 업고 약수 뜨러 가고

저녁이면 가늘고 짧은 다리 수고했다 주물러도

돌아서 미어지며 눈물이 번지는 인생

붉은 눈을 서로 피하며

멍을 핥아줄 저 상처들을

목발로 몽둥이로 후려치는 마음이 사랑이라면

사랑은 얼마나 어렵고 독한 것인가?

네모난 삼각형

어머니 뱃속에서 나는 비행기를 접어 날리며 놀았다

아픈 그 여자, 숨어서 울 때마다 비가 왔다

그럼 나도 종이로 우산을 접고 따라서 우는 척했다

그 여자 뱃속은 늘 김이 서린 목욕탕의 거울

어느 날은 거기 네모난 삼각형을 하나 그렸다

삼각형인데 각이 네 개나 되지

대각선도 그을 수 있단다

어수룩한 천사들을 붙들고 수다를 떨었던 것이다

기억에, 태어나던 날 도립병원에는 큰불이 났고

불 그림자 일렁거리며, 난

이 이상한 세상을 향해 힘껏 팔을 뻗었던 것이다

白衣의 바보들은 놀라 주춤 물러섰지만

그 여자, 젖은 나를 꼭 껴안으며

네모난 삼각형을 그려 보이고 기절했다, 오오!

어머니가 삼십 년을 습작하여 발표한 최초의 詩集

그게 바로 나였다

내 인생에서 가장 행복하고 아름다운 추억이다

거품

내가 좋아했고, 좋아하기 싫었고

좋아할 수 없었던 것들은 모두 고여 있다

풍경에는 추억이, 애인 가슴에는 미움이

어머니 속엔 희망이, 영혼에는 광기가……고여 있다

늪과 연못이 평화롭다는 생각은 가벼운 서정으로

용서할 수 있다 치자, 하지만

흐름에 몸 맡기고 사는 것들은 얼마나 비열한가?

지하에서 혼자 썩는 것들은 또한

얼마나, 얼마나 오만한가?

비열하기 싫어 썩고 오만하기 싫어 흐르고 싶은

저 비열하고 오만한 것들은 그리하여

떠오른다

무서운 암흑에서 혼자 부대끼다가

탄식처럼 가슴 아프게 가끔

더러운 거품 한 방울 수면에 솟아오를 때……

그 옹송그린 가슴에 끌어안은 푸르고 비린 하늘

포옹

불꽃의 눈동자에 늘 돌아가는 저 바람개비
술 깨는 한량의 표정처럼 낯설고 허름하다

재와 불꽃 사이에서 완성된 재-불꽃의 불멸에 울다

파란 화염에 휘어, 더 선명해지는 편지의 글자들

끝끝내 격을 잃지 않는
추억의 形骸는 얼마나 우울한가?

저렇게 섬약한 몸뚱이로도 힘껏 달아오르는
부서지기 직전의 재-찰나와 몸 섞고 싶어라

언제나 처음부터 다시 시작하고 싶을 때
그 저열한 마음에 타오르는 모든 것은 재-불꽃!

눈동자에서, 이제는 내 것이 아닌 너의 음부에서
아랫배에서, 발가락에서 바람개비 돈다

나, 온몸이 벌린 날개가 되어 달려가 너 껴안으면

강철 프로펠러에 말려든 새처럼

산산조각 흩어지는

붉고 낭자한 고깃덩어리⋯⋯

妓生現實

가무와 시문에 능하고

절개와 교태가 용호상박이라

한번 웃으면 오만 간장 다 무너지고

어쩌다 찡그리면 사방이 다 칠흑이었네

눈먼 세월을 누런 소처럼 들판에 매어두고

우리 낙화유수 골라 다니며 사랑을 했어라

구중궁궐, 첩첩궁궐, 호박등불, 아롱아롱

조강지처들 졸며 새며 바느질을 하는데

명색이 사대부라 아침에 道를 들으면

저녁에 죽어도 좋으리, 허허 죽긴 왜 죽나?

금색홍색, 화초난초, 청송에 대죽을 친

비단 이불을 뭉개며 희롱하며, 보아도

또 보아도 물리지 않는 저 박색의 화색을

들여다본다

썩어 문드러진 기생년의 매독 걸린 얼굴!

가야금을 타면 백학이 날아와 춤을 추고

붓을 들어 글씨를 쓰면

돌멩이도 모진 마음을 푸는

천상천하에 단 하나뿐인 내 사랑, 현실이여

제3부

旣生現實

수증기

물방울의 부드러운 피막이 말라 갈라진다

물방울의 알집이 터져

물방울의 새끼들이 곰실곰실 기어다닌다

바닥에 떨어져 깨진 물방울, 깨진

물방울을 위로하러 멀리서 굴러오는 물방울

열기에 부대끼며 이빨을 악무는 물방울

비등점 노려보며, 흰자위 뒤집고 깔깔깔깔

훌쩍 뛰어넘어도 다시 천장에 송골송골

땀처럼, 눈물처럼 매달려……

물방울의 부드러운 피막이 말라 갈라진다

목련나무

흔들리는 꽃잎

울렁이는 지붕

망설이는 신작로

쏟아지는 은빛 칼날……비수!

비수를 등에 꽂은 채 흐르는 검은 강물과 강물을 가슴
에 꽂은 채 아픈 듯 웅크린 검은 땅 위에

목련나무 한 그루 배시시 피어나며

엄청나게 下血하네……

흩날리는 하얀 저 피톨들 너머, 안타까운 月下

멈추지 않는 저 月下의 분수

희생

　　나비가 나는 곳은 나비를 위하여 아무것도 날지 않는 곳. 마비된 곳, 슬픈 곳.

　　나비가 날 때 저도 뭉클 날고 싶은 곳.

　　중력을 이기는 새들이 훈련된 날개를 접고 숨죽이는 곳. 길 잃어 우리에게 오는 나비밖에는 아무것도 없는 곳.

　　나비가 나는 곳은 나비를 위하여

　　마비된 척 슬픈 척

　　나비가 날 때 몰래, 저도 뭉클 날아가버린 곳.

숲 속의 작은 집

1

숲 속의 작은 집. 저녁이면 밥 짓는 연기가 나고, 뒤란으로 물 버리는 소리, 라디오 채널을 찾는 소리, 개도 가끔 짖었다. 창문에는 커튼이 내려져 있고 어느 날 저녁 눈이 내리기 시작하는데……

똑 똑 똑. 사십대의 사내가 기침을 하며 문을 연다. "옛날 약속대로 오늘 제가 이렇게 왔습니다." 청년은 외투의 어깨에 쌓인 눈을 털고 거실로 들어간다. 구석에 일렁이는 페치카의 불기운에 그때 그 개가 졸고 있었다.

'나를 잊었군.' 섭섭해하며 청년은 사내에게 묻는다. "그런데 그녀는 지금 어디?" 남자는 의아한 표정으로 대답한다. "그때 거기, 그러니까 지금 나와 함께 있잖소? 모르셨단 말입니까?"

두 사내는 말없이 火酒를 마신다. 깊은 밤 검은 창으로 끝없이 눈발이 스치고, 불현듯 깨어난 개가 달려와 애틋하게 머리를 비벼대는데……

핥아대는 개를 한 손으로 치우며 그녀가 칭얼대었다. "무슨 생각을 그리 골똘히……내 마음에 집이나 하나 지어주지." 밤의 나무들이 우수수 꽃가루를 날렸다.

"응, 나 거기 방금 갔다 왔어."

2
옛날 일기장을 덮는다.

허기, 잔인한

누가 이렇게 수많은 젖꼭지들을 잘라
프라이팬에 튀기고 있나?

가련한 노인이 배가 고팠군

입가에 번진 침 자국을 닦으면서
튀어 오르는 기름 방울에 투덜대면서

누가 이렇게 탐스런 젖꼭지들을 잘라
밥을 지어 먹는가?

숟가락 하나에 젖꼭지 하나
우렁이나 소라처럼 쫄깃쫄깃한
숟가락 하나에 젖꼭지 하나

외롭고 허기진 저 양반, 회춘을 하시려나?

피와 젖으로 버무린 살을 요리해 먹고
부른 배를 긁으며 벌레처럼 잠드는군

현기증

1

침대 밖으로 내놓은 오른팔에 피가 쏠린다. 형사들이 오면……"저 팔은 내가 아니오, 데려가시오." 머리칼을 움켜쥐면 잽싸게 자르고, "보시오 이것도 내가 아니오"……궁지에 몰린 놈들이, 오렌지를 연행하려 하면? 삼켜버리고는, "그건 나였소 흐흐흐……" 모든 것이 완벽해.

2

그러나 형사들은 오지 않았다.

3

염력으로, 멀리 있는 냉장고 문을 연다. 와-우, 저 서광, 서광! 벌레가 노란 길을 걸어간다. 염력으로 몸을 일으켜, 염력으로 기어가, 염력으로 문을 닫는다. 다시 어둠이다——벌레는 어둠 아니면 빛, 둘 중의 하나에 갇힌 게 분명하다.

4

호리병 괴물 (매우 거만한 목소리로): 어이, 누가 나 꺼내주면, 원하는 거 다 들어주지. 황금? 여자? 권력? 불멸의 명성? 문제없어, 다 주지, 어어어이 ―

(천 년, 만 년 외치던 그는 지쳐 회심한다.)

호리병 괴물 (지독하게 쉰 목소리로): 나를 꺼내주는 그 새끼, 요절을 내버리고 말겠어!

어어어이 ―

5

과일을 씹는다. 오렌지 시한폭탄이 시큼하게 폭발할 때, 누군가의 지문 몇 개, 목구멍에 걸려 넘어가지 않는데……시간은 머리가 세 개 달린……네 개……다섯 개……전지가위로 가볍게 잘라주면……

6
빙글빙글 돌아가는 저 잠든 풍향계

천사

가진 돈을 다 털어 거지에게 주고 돌아서면서 담배를 한 대 피워 물었다. 아마 그때 나는 몹시 '영웅적인' 표정을 짓고 있었으리라.

이런 짓 따위로 세상이 변하겠느냐마는, 치졸하기 그지없는 만족이지만은, 그래도 아직 통장에 돈이 좀 남았다는 계산이지만은, 사심 없이 흐뭇하여 피운 담배가 핏속으로 번지고 있었던 것이다.

바로 그 순간, 왼쪽 가슴에서 한 모금의 니코틴을 매복하던 암세포가 깨어나 나는 덜컥 암에 걸린다. 心腸癌, 으악! 인간을 어설프게 동정하지 말지어다……어찌되었건, 그자는 내가 준 돈으로 술 한 병과 저녁 한 끼를 해결할 것 아닌가?

이렇게 위안하는 자는 영리한 사람.

사실, 사람은 병으로 죽는 것이 아니라 죽음으로 죽는 것. 죽음으로 죽는 것이 아니라 죽음의 예감 속에서 이미 죽는 것. 암이 받아 마신 니코틴은 즐거운 니코틴이

므로, 암은 스스로 독을 풀고, 평온하고 깊은 잠에 빠질 것이다.

이렇게 생각하는 자는 한층 더 영리한 놈.

부랑자를 스쳐 지나가면서, 가진 돈을 다 털어 줄까 망설이다 귀찮아, 발길을 재촉하고야 말았던 것이다.

그의 양철 깡통은 텅 비어 있었고……인간으로 위장한 저 천사에게 (자신이 위장한 천사라는 사실을 잊어버린 거지에게) 공물을 예배할 기회를 또 한 번 놓쳐버린, 나는 나의 어리석음을 몹시 대견해하며 그 신성한 거리를 부지런히 빠져나갔다.

꿈

　베란다 흔들의자. 잠든 父의 어깨 위에서 나비가 날아
간다. 세상 처음 나비가 날아올라 살고, 죽고, 살고, 죽
고……

　세상 마지막 나비가 되어 난초 이파리 위에 아슬아슬
내려앉는다.

　실체가 아닌 배열의 힘으로

　나비의 나비가

　나비의 나비의 나비들을 데리고 나비처럼 날아

　꽃 떨어진 자리에서 꽃처럼 흔들리고 있구나, 살짝

　웃으시는 것을 보니 아버지, 저 늙은 오이디푸스께서
참 좋은 꿈속에 계신가 보다.

蛙傳

1
개구리 하나, 개구리 둘, 개구리 셋
안해는 세 마리의 개구리를 사모하였다
물론 청춘의 후일담이다
'거참 아름다운 추억도 있구려' 하고
헛헛헛 웃어줄, 그 정도 배포는 있는 者가 나다

"거참 아름다운 추억도 있구려, 헛헛헛"

개구리 하나! 개구리 둘!! 개구리 셋!!!

2
나에게도 사실
추억의 화장대들이 있다
통통통통……
분 바르는 여자의 뒷모습
이보다 더 진하게
영원의 암내를 풍기는 것이
세상에 또 있을까?

3
말이 나온 김에
옛날애기 하나 들어보실라우?

그러니까, 셔벌 달도 밝은 밤에
신명나게 한 잔 하고 와보니 말이우

뜨물 같은 침대 우에 가라리 넷이었소
가라리가 넷이었소

이상한 일도 다 있지
쭈그리고 가만히 생각해보았네

내가 언제 장가를 갔던가?
내 각시 벌써 바람이 났나?
저 여자는 다리가 원래 넷인가?
아니면 저 다리는 사실 내 다리인가?

뜨물같이 희뿌연한 침대 우에
묘하게 얽힌 네 가랑이의 관능──푸른 꽃

4

헌데 말이야, 내가 언제 어디서 저것을 처음 만났는지 기억이 없단 말이야. 게다가 그 면상을 쳐다볼 때마다 늘 déjà-vu(旣視感)에 시달린단 말이지. 아, 그래, 그래, 처음이 아니라구, 바로 그때, 거기, 그 뱀 눈깔, 그 냄새, 개나리꽃, 저, 거시기, 저, 거시기……기억의 터진 점…… 철조망…… 갈가리 찢어져…… 아메바…… 無……되돌아오지 않는 시간의 屍班……썩지 않는 저 시체의 얼굴!

5

을 노려보다 깨닫는다. 모든 순간, 나 이미 살아봤고, 단 한순간도 살아보지 못했구나. 저 여자와 봄날을 걸었고, 사랑했고, 속삭여, 혼인하였으나, 나 사실 저 여자 단 한 번 만난 적조차 없구나. 실재인가 착각인가, 묻는 순간 현실이 또 망령처럼 오는구나. 旣生이 未生이고 未生이 旣生이라. 슬프고도 기뻐라. 旣生이 未生이라면 산다는 것은 무엇인가?

6

개구리 하나, 개구리 둘, 개구리 셋……
심심하면 나는 화장대 앞에 엎드려 누워
안해와 놈들이 공히, 그 짓을 하는 장면을
상상한다, 안해의 화장대
이 수수께끼를 푸는 사내가 있다면
눈 딱 감고 드리겠소, 이 여자를 가지시오
안해의 화장대, 그만 나오시지……(벌써 한 달!)
내가 뭘 잘못했는지 모르겠지만……
열어, 열어, 간다, 간다니까!
대답이 없어 단숨에 서랍을 부수고 보니

7

분 바른 개구리들, 뽀송뽀송 서로 짓밟으며
개굴, 개굴, 개굴, 개굴, 개굴, 개굴, 개굴……

멍한 사이 한 마리 물컹 튀면

떨리는 손으로 벽에 내동댕이치기 직전

당신이 혹 당신인가?

당신이 혹 당신인가?

벽에 내동댕이치면

부르르 떨며 나자빠진……저 참혹한

분 바른 개구리 ——『蛙傳』

西遊記 1
——바벨

온 땅의 口音이 하나이요 언어가 하나이었더라. 이에
그들이 동방으로 옮기다가 시날 평지를 만나 거기 거하
고 서로 말하되 자, 벽돌을 만들어 견고히 굽자!

노아는 함을 낳고 함은 구스를 낳고 구스는 니므롯을
낳았으니 그는 세상에 처음 英傑이라. 그가 Sin(n) 앞에
서 특이한 사냥꾼이 되었으므로 속담에 이르기를,
Sin(n) 앞에 니므롯 같은 특이한 사냥꾼이로다 하더라.

Sin(n)이 Sin(n)-I 山 위에서 모세에게 이르기를 마치
신 때에 증거판 두 개를 주니 이는 돌판이요 Sin(n)이
친히 쓰신 것이더라.

가말라 출신의 유대인, Ha-Nozri Yeshoua가 희랍말
로 가로되, 나의 난 것은 진리에 대하여 증거하고자 함
이니 무릇 진리에 속한 자는 내 소리를 듣느니라. 아람
말과 나전말을 섞어 아졸을 호령하던 총독 빌라도가 돌
아보며 저도 희랍말로 묻노니, 眞理가 무엇이냐?

西遊記 2
──파리

　파리는 冊이고 그 기본 단위는 문장이다. 문장은 단어로 단어는 알파벳으로 되어 있는데, 그 본질에 대해서는 아직 밝혀진 바가 없다.

　모든 쪽들은 독자적인 사차원의 시·공간이며 쪽과 쪽은 무한으로 제본되어 있다. 인간은 이 무한에 거주하는 책의 前史로서 삶이 흘리는 검고 진한 액체로 글자들이 씌어진다.

　인간과 책의 관계는 거대한 거울과 무수한 작은 거울들의 끊임없는 반사놀이라는 것이 정설이다. 그러나 몇몇 이설들에 의하면 거대한 거울이란 없다.

　사실, 책의 안과 밖, 심층과 표면, 발생과 소멸, 저자와 독자 등에 대한 끊임없는 논쟁도 책의 한 부분에 속할 뿐이며, 그리하여 나는 약간 우울하다.

　책에 씌어진 모든 문장들은 순수 형상으로 돌아갈 꿈을 꾸는데, 꿈에 긁힌 유리의 생채기를 시라 부른다. 시를 통하여 들여다본 파리는 말할 수 없이 추악하다.

101

西遊記 3
──도서관

　책의 한 귀퉁이, 도서관에는 늘 한 권의 책만을 읽는 사람들이 있었다. 『이상한 나라의 엘리스』건 『난장이가 쏘아올린 작은 공』이건 『창백한 불꽃』이건, 한 권의 책은 이들에게 기적이었다.* 책-기적은 두툼하고, 먼지 냄새를 짙게 풍기며, 서가의 어딘가에 꽂혀 있는, 평범하고 구체적인 사물일 뿐이다. 사물─그러나─그리하여─기적! 오직 한 권의 책만을 읽는 사람들이 책을 펼 때 진부하게도, 책은 백지다. 믿을 수는 없지만……자신의 손으로 문자의 길을 내어, 그 門을 나간 자들이 제법 있다는 풍문을 들었다.

---

　* 여기서, 괴테의 상징, 보르헤스의 금기, 캄파넬라의 진리, 또는 말라르메의 언어를 연상하는 자는 결코 그들을 이해할 수 없는 자들이다.

西遊記 4
──魔

　속세를 떠나 출가하기 전 어느 날, 어린 삼장은 꿈을 꾼다. 아무것도 없는 어두운 하늘에 누군가 연등을 밝힌다. 밝히며 더 어두운 곳으로 간다. 순간 꼬마의 귀에 기이한 목소리가 들린다. "너는 너의 識을 行에 바치겠느냐, 行을 識에 바치겠느냐?" 삼장은 대답했다. "魔軍의 자식아, 하나의 심지에서 두 개의 불꽃이 피는 등불을 보았느냐?" 꿈에서 깰 때, 그는 영원히 벗어날 수 없을 것 같은 취기에 떨었다. 그리고 佛門에 귀의하였다.

西遊記 5
── 病

1

끔찍했던 경련이 또 한 차례 지나고 원숭이는 비소로 안도의 한숨을 내쉰다. 살려주오, 살려주오, 겁에 질린 채 이젠 정말 착하게만 살겠다고 몇 번을 다짐했던 것이다. (식은땀을 닦고 나서 생각하면, 참으로 부끄러운 일이지 뭔가?) 사실, 파국이 두려웠던 것은 아니다. 하지만 증인 없는 파국은 약간 서글프지 않은가?

건방진 표정으로 진찰을 마치고, 수의사가 선고했다.

"이 病은 삶이 넘쳐 생긴 병이요, 생명의 과잉으로 생긴 병이라 약이 없소. 돌아가시오."

"......"

2

병을 사랑하지 않고
병을 부르지도 않고

두려워하지도 과장하지도 않고

병과 거래하거나
가치와 대가를 계산하지 않고

담담하게 병들었을 때

이 개 같은
이 개 같은, 으아—

學, 學, 學, 學, 學!!!

西遊記 6
——소용돌이의 기원

　요나의 아버지의 아버지의 아버지의 아버지도 아직 태어나지 않았던 옛날 옛적에, 바다에 고래가 한 마리 살았니라. 배고픈 고래는 식탐이 많아 모든 걸 다 삼켰니라. 바닷물을 마시고, 대륙과 암반을 뜯어 먹고, 공기도, 상상의 형상들도 모두 먹었니라. 그 뱃속에서 하나의 세상이 다시 탄생하니라. 하늘, 땅, 빛, 별들과 해, 사람, 그리고 배고픈 고래들이 또 생겼니라. 거대해진 저희는 필경 네 개의 먹이만을 남기니라. 네 개의 먹이란 이, 돌, 龍, 소를 일컬음이니라. 고래가 이들을 차례로 삼켰을 時, 그 죽음에서 광풍이 불어 닥치니라. 이 바람은 배고픈 고래의 영혼을 닮아 가운데가 텅 비었으니 가리지 않고 있음을 삼키니라.

　후에 이들을 애도하여 사람들이 소용돌이라 부르니라.

西遊記 7
──長安을 떠나지 못하다

　법사가 시계를 본다. 팔계 놈이 건성건성 다가와 꿀꿀 지껄였다. 벌써 午時가 다 되어 가는데 놈은 코빼기도 뵈지 않는 것이다. 금, 목, 화, 토, 수 다섯 산에 눌려 무쇠와 구리 끓인 물을 먹던 저 방자한 원숭이 아직도 정신을 못 차렸는가? 하는데, 보운화 신고 자금관 쓰고 여의봉 휘두르며 놈이 날아온다. 팔계와 오정은 환호작약, 쌍수를 들고 반긴다. "형님, 어디 있다 이제 왔수, 어서 갑시다, 西天에는 먹을 것도 많고, 계집들도 그러니……ㅎㅎㅎ." 법사가 눈을 가늘게 뜨고 觀音, 觀音을 찾으니 늠름하던 원숭이가 터럭이 되어 빌빌 떨어진다. 놀란, 놈들에게 삼장은 一喝했다. "저 바벨을 샅샅이 뒤져 놈을 찾아오너라. 大法의 요술테를 벗어난 모양이다."

西遊記 8
——존재하지 않음으로써 존재하는 바벨

　바벨의 大地. 성실한 해석학자들이 살고 있다. 굳은
지각에 길을 내는 유충들 —— 이들이 덧붙이는 막대한 양
의 주석을 표절하면서 폐허는 살찌고, 거기 臣民들은 탑
을 쌓는다. 하늘은 늘 뇌성벽력으로 흔들렸다.

　한편, 삼장법사가 혜안으로 둘러보니, 벌레가 되어 흙
을 토하는 원숭이가 저기 있다. 바람처럼 내려간 즉, 놈
은 투명한 뱃속에 Konrad Richter라는 독일 벌레의 문
장을 하나, 오래오래 소화하고 있었다.

　"크리스토프는 그리스도를, 그리스도는 전 세계를 짊
어졌다. 그럼 말해보라, 크리스토프는 그때 어디에 발을
딛고 있었을까?"

　오! 간사한 버러지. 결국 여기로 도망쳐 바벨의 수수
께끼를 녹이고 있었던 것이다. 발각된 오공은, 자신이
존재하지 않는다고 고백했다. 바벨이란 無이며 不在라
는 사실을⋯⋯우리의 삼장은 빙긋 웃고 벌레를 꾸욱 밟
았다. 그리고 중얼거리기를, "많이 왔구나 悟空아, 허나
空은 그렇게 悟하는 것이 아니니라."

별똥별

공포의 끝에 내지른 절규가 쪼개지듯이

치솟아 오른 폭죽은 여러 개로 갈라져 떨어진다

물고기의 가랑이가 찢어지면서

인간은 땅을 걷기 시작했고

전신을 비비며 기어다니는 뱀의 혀는

꺼지기 직전의 거친 불길 ── 끝이 갈라져 있다

정점은 분열이다

화려한 불의 꽃들이 피고, 진 밤하늘을 본다

태초의 알 수 없는 힘이 폭발하여

우리의 머리 위로 아직도 쏟아지는 저 별들……

종말은 길다!

그러나 간혹

면도칼이 스친 손목처럼

빨갛게 배어나오는 가는 핏줄기

하나, 둘, 셋

절망의 현실과 희망의 의지로서의 시

오생근

내가 김중을 처음 만나게 된 것은 1994년 12월 『대학신문』이 주최하는 대학문학상 시상식 자리에서였다. 그때 나는 소설 부문 심사위원으로 그 자리에 참석했는데, 마침시 부문의 심사를 맡았던 분이 참석하지 않았기에, 시상식에 뒤이은 간담회를 겸한 식사 시간에 나는 시 부문 심사위원을 대신해서 시 수상자들에 대해서도 관심을 표명해야했다. 김중은 그때 김홍중이란 이름으로 당선작 수상자가아닌 가작 수상자였다. 그 자리에서 그의 가작시를 읽었는지, 아니면 그 이전에 수상작들이 실린 『대학신문』에서 읽었는지는 확실하지 않지만, 나는 정작 당선작보다 그의 가작을 더 흥미 있게 읽으면서, 내가 심사위원이었다면 당선작과 가작의 위치를 바꿔놓았으리라는 생각까지 했다. 그러한 나의 생각이 그 자리에서 은연중에 김중에게 전달이되었는지는 분명하지 않지만, 문학을 전공하는 학생이 아닌 사회학과 학생으로서 그렇게 힘 있는 시를 쓸 수 있다는 것에 내가 놀라움을 표명했던 것은 분명하다. 여하간 그가 가작을 받은 「전봇대」라는 작품의 이미지가 워낙 강렬하였고, 강렬한 만큼 흔히 볼 수 있는 예사로운 시가 아니라는 느낌은 나에게 오래도록 남아 있었다. 특히 그 시에서 화자가 고압 전류가 흐르는 전봇대를 자신의 영혼과 동일시하면서 "불행하게도/생명으로 가는 길은 온통 죽음뿐이어서/흐느낌과 무너짐의 발자국을 쌓아가야 하지만/나는 골목 어귀에 뿌리도 없이 붙박여/백열로 터져 나오는 눈부신 심장으로 걷는다"에서 보여진 섬뜩할 정도로 강하고 치열한 삶의 의지는 매우 인상적이었다. 그의 시는 흔히 학교의 문예반에서 연습되고 다듬어진 단정한 서정적 시의 모습과는 구별되고, 그의 시적 관심이란 것도 개인적인 서정보다는 시대적인 아픔과 불행에 의해 촉발된 것이며, 시에 대한 그의 희망도 현실에 대한 절망 끝에 찾을 수 있게 된 것임을 어렵지 않게 짐작할 수 있었다. 시상식 자리에서 그를 처음 본 후 여러 해가 지나서, 그가 어느 여름날 문득 나를 찾아왔다. 그 동안 그는 대학원에 진학하여 문학사회학 분야의 석사논문을 썼다는 것이고, 얼마 후에는 프랑스에 유학을 간다는 것이며, 떠나기 전 나에게 인사차 온 김에 시를 몇 편 들고 왔노라고 했다. 그때 그가 나에게 건네준 시는 몇 편이 아니라 몇 십 편이었다. 그는 그 시를 어떻게 처리해 달라는 부탁도 하지 않은 채 그냥 읽어만 달라고 한 것인데, 나는 그의 시를 읽고 그의 시적 비범성에 놀란 나머지 나 혼자 간직해두기에는 아깝다는 생각이 들어 그 시들을 『문학과사회』의 편집위원들에게 넘

겨준 것이 결국 그가 시인이 된 경로이다. 그후 몇 년이 지나 그는 프랑스에서 박사 논문을 준비하는 한편, 어느새 한 권의 시집을 묶을 수 있는 시인으로, 그러나 단순히 한 권의 시집이 아니라 무서운 상상력과 치열한 현실 인식으로 뭉쳐진 삶의 의지로 지금의 시집을 갖고 등장하기에 이른 것이다.

그는 이 시집의 제목을 퍽 낯설고, 당혹스럽게 느껴지는 『거미는 이제 영영 돼지를 만나지 못한다』로 붙였다. 그의 시집 속으로 들어가기 전에 우선 만나게 되는 이러한 의문스러운 제목의 의미가 무엇인지를 이해하기 위해 나는 우선 대부분의 시인들이 그렇게 하듯이, 그도 그렇게 했을 것으로 짐작하여 목차 안에서 그 제목과 일치하는 표제시를 찾아보았으나 소용없는 일이었다. 시집 제목과 일치하는 시의 제목은 목차 속에 흔적도 보이지 않았기 때문이다. 어쩔 수 없이 처음부터 시를 읽다가 문득 그 제목과 일치하는 표현이 「겨울비」라는 시의 마지막 구절임을 알게 되었다. 그런 점에서 「겨울비」를 보자면, 이 시에는 유난히 많은 동물과 사물이 다양하게 등장하면서 퍽 이색적이고 혼란스러운 세계의 풍경을 보여준다는 점이 주목된다. 부분적으로 랭보의 『일뤼미나시옹 *Illuminations*』에 실린 「도시」의 한 풍경을 연상시키기도 하는 이 시에는 거미 · 거대한 엉덩이 · 개 · 부랑아 · 가는 비 · 자동차 · 전나무 · 행인들 · 가로등 · 새끼 고양이 · 붉은 내장 등 이질적인 존재들이 겨울비가 음산하게 내리는 도시의 거리에서 을씨년스럽게 떠오른다. 더욱이 엉덩이가 배설의 기능을 하지 않고 "샌드위치를 삼키"고, 개가 음식을 먹지 않고 "트림"을 하며, 천사는 구원과 축복의 존재로 나타나기는커녕 "늙은이를 벼랑으로 떠"미는 등, 이 시의 존재들은 도착적이고 악마적인 행위를 서슴지 않는다. 또한 새끼 고양이는 지붕 위에 앉아 있는 자동차들이 붐비는 거리의 저녁 시간에 "천천히 달아오르"는 가로등을 쳐다보며 "과열로 갈라진 채 헐떡거리는 저 늙은 砲身/원망할 것 없다네/우리가 태어난 것은 이 삶을 원했기 때문이 아닌가?"라고 중얼거린다. 여기서 언급된 이 '삶'이란 무엇일까? 원시적인 욕망과 야만의 동물 세계와 같은 삶을 뜻하는 것일까? 또한 고양이의 중얼거리는 소리 다음에 "정육점 창문 너머에 걸린 두 줄기 붉은 내장!"이란 표현은 단순히 정육점의 진열품을 가리킨다기보다 문명의 도시 속에 감춰져 있는 야만의 모습을 적나라하게 드러내준다. 도시의 거리는 "우아하게 달려오는 자동차"들로 넘치고, 지하철이 운행되는 문명적 양태를 보이지만, 사람들의 인간적인 모습이나 생활은 어디에서도 보이지 않는다. 기껏 등장하는 사람들은 "지하철 환기통 위에 잠든 부랑아"와 "도형수처럼 횡단보도를 건"너는 행인들뿐이다. 부랑아와 도형수 같은 행인들은 도시의 주체적인 시민들이 아니다. 그렇다면 주체적인 시민들은 어디로 간 것일까? 시민이 실종된 도시는 결국 인간이 소멸된 죽음의 도시와 같다. 이처럼 인간이 사라진 도시에서 인간적 소통의 삶이 가능할 리가 없다. "거미"가 영영 돼지를 만나지 못한다는 것은 그러므로 이러한 인간적 소통의 단절 혹은 인간적 삶의 실종을 의미하는 것으로 보인다. 이것은 「새벽, 호텔, 창가」라는 다른 시에서도 비슷한 의미로 쓰어진 것임이 확인된다. "검은 마귀와 검은 천사가 뒤엉켜 싸우는 이 地上에서/거미는 실을 잣고 돼지는 밥을 먹네/비 내리는 東驛의 플랫폼에/돼지는 도착하고 거미는 떠나네"와 같은 시구에서 실을 잣는 기능을 하는 거미와 밥을 먹는 돼지처럼 이질적인 존재들이 공존해 살면서 만나는 형태로 그려져 있지 않고 어긋나 있듯이, 거미와 돼지는 단절과 분리의 삶에 비유되는 동물적 존재들로 나타난다. 이런 점에서 「개」라는 시 역시 이 도시에서의 비인간적 삶을 형상화한 시로 해석된다.

> 개는 묶인 줄만큼 자유롭다. 줄의 길이가 개의 시민권이며 그 끝은 영혼의 낭떠러지.

> 외로운 개는 친구를 만나면 똥구멍을 벌린다.

> 고독의

> 자랑스런 구린내를 맡아보라는 듯이.　　　—「개」 전문

이 시는 초현실주의 선언문을 쓴 앙드레 브르통이 현실에 종속된 인간의 삶을 "개 같은 삶la vie des chiens"이라고 비판한 대목을 연상시킨다. 권력의 억압적 사슬이 미시적으로 확산된 현대 사회에서 권력의 공포스러운 형태가 보이지 않는다고 해서 사람들이 완전히 자유로운 것은 아니다. "묶인 줄만큼" 자유로운 개처럼, 인간의 자유라는 것도 묶여 있는 자유이다. 그 줄의 끝에 "영혼의 낭떠러지"가 있어, 사람들은 그 "낭떠러지"가 있는 극단의 지점까지 가

려하지 않고, 그것을 보지도 않는다. 위험한 낭떠러지와 먼 곳에서 사람들은 자기 스스로를 통제하고, 안전지대에서 허상적인 자유를 누리는 것으로 만족할 뿐이다. 여기서 사랑을 "외로운 개"가 친구를 만나 "똥구멍을 벌"리는 행위로 희화한 것은 사랑의 의미를 비하한 것이라기보다 사랑을 신비화하지 않음으로써 오히려 도시에서 외롭고 고립된 삶을 사는 모든 이들의 사랑이 그만큼 절실하고, 본능적인 것임을 강조한 것으로 보인다.

김중의 시에서 도시적 삶의 풍경은 대체로 섬뜩하고 음울하다. 몇 가지 예를 들어보자. "목마른 이파리를 흔들며 칼춤 추는 미친 나무들아/저기 관을 뚫고 자라는 건 머리칼이냐 뿌리냐?/구워……버린 뱀이, 도막도막 달빛에 빛날 무렵/땀구멍 없는 육신들은 발작적으로 술을 토하고"(「습작 시대」)와 같은 시에서 "칼춤 추는 미친 나무들", 머리칼인지 뿌리인지 알 수 없는 형태들, "땀구멍 없는 육신들" 등은 불안하고 기괴한 초현실적 풍경이다. 또한 "무너지는 복서의 동공처럼 천천히 풀어지는 하늘"아래 "행인들이 찍고 간 白熱의 발자국이 식어 숯불이 되고/감은 눈꺼풀 가득 휘날리던 불의 깃발들/구겨진 은박지처럼 반짝이는 이 오후"(「단발머리」)의 도시에서 화자는 악몽 같은 혼란스러운 세상을 그리지만, 역설적으로 이 시에서 화자는 자신을 "세상이 꾸는 악몽"이라고 말한다. 그는 자신의 환시적 세계가 자신이 의식적으로건 무의식적으로건 주체적으로 꿈꾼 세계가 아니라, 오히려 그 세계가 자기로 하여금 그렇게 바라보고 꿈꾸게 한 것임을 표현하고자 한다. 그 세계는 때로는 "빛이 끌어내는 색깔의 형식으로 신음하

는 사물들/어둠 속에 뿌리내린 식물들의 신성한 마비와/심
연 위에 펼쳐지는 미로의 얼굴"(「세바스토폴 거리의 추억」)
에서처럼 사물이 신음 소리를 내고 식물은 마비되고, 사람
의 얼굴은 미로처럼 알 수 없는 모습을 보이다가, 때로는
「난초」에서처럼 "허공의 門을 열고 해골이 천천히 걸어나
왔다"가 다시 "해골이 허공의 門을 닫고 뚜벅뚜벅 걸어가
던 밤"의 도시로 나타나기도 한다. 이러한 도시의 풍경은
서울을 토대로 한 것이건 파리를 대상화한 것이건 마찬가
지이다. 「난초」의 화자가 "샌드니 石門 사이로 차갑고 음
울한 바람이 불 때" "이 꽃이 피어나면 그때 서울로 돌아가
겠어"라는 말에 "미친놈 정신 차려, 여기가 소돔이면 거긴
고모라야!"라고 대답하였듯이, 이러한 도시의 외관은 실제
의 도시가 어떤 차이를 보이더라도 시인의 상상력 속에서
큰 편차가 없다. 중요한 것은 시인의 영혼과 눈과 상상력
인 것이다. 그러한 도시의 풍경 속에서 햇빛은 시인에게
맑고 강렬한 자연적 햇빛이 아니라 몽환적이고 광물질적인
햇빛이 된다.

유리 구름에서 예리한 우박들이 떨어져 내릴 때

미장원 간판, 여자의 전기 머리칼이 노랗게 탔다

성숙을 멈추고 분열하기 시작한 나의 영혼처럼

수백 개의 태양이 지지 않는 저 오후들의 하늘

어느 날 이렇게 시작된, 끝없는 모자이크놀이
　　　　　　　　　　　　　　　　—「모자이크」부분

　"수백 개의 태양이 지지 않는 저 오후들의 하늘" 아래에
서 산다는 것은 얼마나 힘들고 부담스러운가. 그것은 부담
스러운 정도가 아니라 삶을 가혹한 고문처럼 느껴지게 한
다. 화자는 그렇게 견디기 힘든 오후의 하늘이 마치 성숙
을 멈추고 분열하기 시작한 자신의 "영혼" 같다고 말한다.
그것은 영혼의 고통스러움을 나타내는 표현이면서 동시에
성숙하기 위해서는 고통의 시련을 거쳐야 한다는 의지의
표현이기도 하다. 햇빛이 생명과 축복의 태양이 아닌 것처
럼, 강과 나무도 피와 죽음의 이미지로 서술된다.

　　비수를 등에 꽂은 채 흐르는 검은 강물과 강물을 가슴에 꽂은
　　채 아픈 듯 웅크린 검은 땅 위에

　　목련나무 한 그루 배시시 피어나며

　　엄청나게 下血하네……

　　흩날리는 하얀 저 피톨들 너머, 안타까운 月下
　　　　　　　　　　　　　　　　—「목련나무」부분

　강물과 땅은 이렇게 칼에 찔려 죽기 직전의 고통스러운
모습을 보인다. 그 땅에서 목련나무 한 그루가 자라더라도
그 나무는 건강한 나무의 꽃을 피우기보다 "엄청나게 下

118

血" 하는 모습을 보인다. 그 피는 생명의 피에 가깝기보다 죽음의 피에 가깝다. 그것은 공해와 환경 파괴로 죽어가는 자연의 끔찍한 풍경과 다름없다. 이러한 도시와 자연 속에서 살아간다는 일은 「병상일기」에서처럼 화자가 만신창이가 된 상태로 어느 날은 응급실 침대에서 깨어나다가 또 다른 날은 새벽 거리에 쓰러져 있는 상태가 되기도 한다. 그는 호텔에서 사랑을 하더라도 행복하고 충만된 사랑을 하기는커녕 "때늦은 회한이, 가슴을 찢으며 천둥으로 터져/쏟아진 더러운 정액을 얼굴에 처바른"(「새벽, 호텔, 창가」) 상태에서 한 사내가 울고 싶은 마음으로 미친 듯이 웃어대는 고통스럽고 좌절된 사랑의 행태를 보인다. 이러한 도시적 현실에서 자라는 아이들은 순진하기는커녕 가학적이고 비인간적이다.

아이들이 돋보기로 지렁이를 태워 죽이며 논다

생나무에 대못을 박고, 돌아서며 한 번 더 박는다

쥐덫에 걸린 생쥐는 척추가 부러져 있었고

정박아는 피아노의 파 건반을 오래 누르고 있다

아이들이 강아지 목을 매달고 몽둥이로 때리며

희뜩희뜩 웃는다

무인도를 찾아 가출할 궁리를 한다

뜨건 물을 부으면 쩍 갈라지는 빈 어항

벌겋게 익은 금붕어를 화분에 심는다

단단한 벽에 부딪혀 이빨이 다 부러진 햇빛이

젖은 바닥에 아픈 주둥이를 비벼대고 있는데

아이들이 정박아를 황제로 모시고

저 먼 세상에 버리고 돌아오던 날

강철 쥐덫에 허리가 부러져 혀를 빼문 생쥐

깜깜한 마루에서 저 혼자 울리던 피아노 소리
—「피아노」전문

　이 시에서 아이들은 생명의 소중함을 모르고, 이 세계에 존재하는 것들에 대한 일말의 이해도 없다. "돋보기로 지렁이를 태워 죽이며" 놀거나 "생나무에 대못을 박고," "강아지 목을 매달고 몽둥이로 때리며" 웃는 아이들은 비인간적일 뿐 아니라 지구가 아닌 다른 세계에서 태어난 아이들 같다. 그렇게 무서운 아이들의 세계는 더 이상 삶의 세계가 아니라, 삶이 살해된 죽음의 세계이다. 죽음의 세계에서 문화적인 형태인 피아노는 아름답고 조화로운 선율을 자아내기보다 "깜깜한 마루에서 저 혼자" 불길한 소리를 낸다. 문화가 삶을 위한 것이라면, 이런 시대의 문화는 비인간적인 죽음의 문화일 것이다. 아름다움이란 것도 삶의 질서와 조화로움에 연결되지 않고, 무질서하고 역겨운 형태로 표현된다. 「향연」이란 시에서 화자는 "똥을 밀어내는 창자와 벌떡거리는 심장/싱싱한 허파의 붉은 나이테" 등 신체의 내부를 서술하면서 그것을 아름답다고 말하고 "너무나 아름다워 우린 다 토하고야" 말고, "아름다움은 징그럽고 징그러움은 아름다워라"라고 말한다. 구토를 유발하는 것이 아름답다는 것은 아름다움에 대한 새로운 정의라기보다 현실 세계에서의 모든 관습적이고 표면적으로 아름다운 것들이 결국은 추악하고 역겨운 것임을 의미하는 말이다.

이처럼 절망적인 죽음의 현실에서 희망은 없는 것인가? 그렇지 않다. 김중의 시에서 눈여겨봐야 할 것은 현실이 절망적인 만큼, 희망의 의지가 그 누구보다 강렬하고 절실하다는 것이다. 그는 현실의 악과 절망을 긍정적으로 받아들이면서 그러한 토대 위에서 치열한 삶을 살려는 의지를 보인다. 그러한 의지는 현실의 모든 부정적인 모습을 어떤 감상이나 환상의 유혹을 받지 않고 파헤치면서, 자기 자신과의 싸움도 철저해야 하는 것을 다짐하듯이 나타난다.

내 영혼에 집 짓고 사시는 병든 귀신들이여
완고한 마귀들이여, 요절한 조상들이여

일생의 고통이란 지나가는 바람처럼 헛되지만

모든 헛것들과 나 순한 마음으로 싸우고 있으니

내 앞에 이제 겸손하게들 나타나시지　—「자화상」부분

여기서 화자는 "일생의 고통이란 지나가는 바람처럼 헛
되"다는 어떤 선사적인 깨달음을 진술하는 단계에 머물지
않고, "헛되지만"이라고 말함으로써, 헛된 것임에도 불구
하고, 헛된 고통과 같은 그 모든 "헛것들"과 "순한 마음"의
긍정적인 태도로 싸운다는 것을 나타낸다. 이것은 자기 도
취나 자기 연민의 감상적인 어조와는 전혀 다른 자기 부정
과 자기 극복의 태도이다. 그는 자기 내부의 무의식 속에
깃들어 있을지 모르는 모든 부정적인 모습을 "병든 귀신
들" "완고한 마귀들" "요절한 조상들"이라는 존재로 타자
화하면서, 그것들과의 냉정한 싸움을 다짐하는 것이다. 그
러한 싸움은 외부의 적을 대상으로 한 싸움보다 훨씬 더
힘들고, 싸움의 승패를 쉽게 확인할 수 없기 때문에 한시
적일 수 없고 더 지속적인 것이 된다. 그렇기 때문에 그것
은 끊임없는 정신의 긴장을 요구한다. 김중의 시에서 벽이
나 절벽 등 삶의 한계 상황을 나타내는 이미지가 자주 등
장하는 것은 그러한 정신적 긴장의 표현과 관련된다.

촛불이 꺼지면 촛불을 다시 켜듯

바람이 꺼지면 바람을 다시 켜고

절벽이 꺼지면 절벽을 다시 켜고……

매달린 자가 손을 놓아도 떨어지지 않는 절벽은

자기도 언젠가 매달려본 절벽

놀다 가는 바람의 다리를 붙잡고 울어본 절벽

　　　　　　　　　　　　　　　—「절벽에서」부분

　이 시의 도입부는 "무를 썰다 바람이 놀다 간 자리를 쓰
다듬는다"는 것으로서, 무에 바람이 든 모양을 보고 상상
력이 전개된 것임을 짐작케 한다. 그 바람의 연상 작용으
로 촛불과 절벽이 떠오른 것까지는 이해할 수 있겠지만,
"촛불이 꺼지면 촛불을 다시 켜듯" "절벽이 꺼지면 절벽을
다시 켜고"라는 표현은 쉽게 이해되지 않을 것이다. 그러
나 절벽이 극단적인 상황을 의미한다면 그러한 극단적 상
황을 회피하려는 것이 보통 사람들의 마음일 터인데, 시인
은 그러한 도피의 의지를 무시하고, 촛불을 다시 켜듯, 절
벽의 이미지를 되살려 마치 자신을 끊임없이 절벽의 끝으
로 몰아가듯이 그러한 극한적 한계 상황을 삶의 한복판에
설정하려고 한다. 영화 속의 한 배우가 절벽에 매달려 있
는 긴장된 장면을 상상해본다면, 삶과 죽음의 기로에 있는
그러한 절박한 상황이 얼마나 힘들고, 숨가쁜 것인지를 알
수 있다. 이 시에서 흥미로운 것은 그러한 절벽이 시의 화
자에게 처음에는 대상화되다가 마지막 부분에서 슬며시 화
자와 동일시된다는 것이다. 그리하여 "놀다 가는 바람의

다리를 붙잡고 울어본 절벽"은 사랑을 갈구하는 외로운 영혼의 진실을 표상하고 있다. 절벽의 외로움처럼 갈구하는 사랑의 순정한 의지는 벼랑 끝에서 다져진 삶의 의지나 마찬가지로 절실하고, 절실한 만큼 강한 생명력을 보인다.

깃발을 흔들던 미친 바람은 어디로 갔는가?

돌멩이를 쪼개던 햇빛의 망치는 또 어디로 갔는가?

차가운 강물에 손을 담그고 이제

발톱이 자라면 발톱을 깎고

눈썹이 자라면 눈썹을 깎고

설움이 자라면 설움을 깎고

——「公無渡河」 부분

현실에 대한 시인의 의지는 "깃발을 흔들던 미친 바람"과 같고, "돌멩이를 쪼개던 햇빛의 망치"와 같다. 그처럼 강렬하고 단단한 의지는 "차가운 강물에 손을 담그"듯이 열기를 가라앉히는 냉정함으로 화자가 차분하게 "발톱을 깎고" "눈썹을 깎고" "설움을 깎"는 행위로 표현된다. 물론 이러한 비유적 행위에서 중요한 것은 "설움이 자라면 설움을 깎"는 일이다. 설움이 축적되어 정신을 우울하게 짓누르는 단계에 이르지 않고, 마치 손톱이나 발톱이 길어지면 그것을 자연스럽게 깎듯이, 길게 자란 설움을 깎아버려야 한다는 시인의 삶의 태도는 건강하며, 차분하고 유연하다. 그러한 건강한 삶의 태도는 슬픔과 절망의 시련을 거쳐서 획득된 것이라는 점에서 신뢰할 만한 것이 된다. 다음과 같은 시는 그러한 정신적 갈등과 고통의 시련을 보여주면서 동시에 그러한 갈등과 시련 끝에 도달하게 되는 경이로운 삶의 경지를 노래하고 있다.

  비열하기 싫어 썩고 오만하기 싫어 흐르고 싶은

  저 비열하고 오만한 것들은 그리하여

  떠오른다

  무서운 암흑에서 혼자 부대끼다가

  탄식처럼 가슴 아프게 가끔

  더러운 거품 한 방울 수면에 솟아오를 때……

  그 옹송그린 가슴에 끌어안은 푸르고 비린 하늘
                                   —「거품」 부분

   이 시에서 "비열하고 오만한 것들"이 무엇인지는 분명치 않다. 그러나 "비열하고 오만한 것들"의 형체는 고정된 것이 아니고, 인간의 내면 속에 자리한 사랑과 미움, 희망과 절망, 이성과 광기 등 무형적이고, 모순되고, 유동적인 감정들의 혼합으로 해석될 수 있다. 그러한 감정의 혼란스러운 갈등과 시련 끝에 마치 "더러운 거품 한 방울 수면에 솟아오"르듯이 떠오를 때 보인 "푸르고 비린 하늘"의 이미지는 무척 신선하고 투명해 보인다. "푸르고 비린 하늘"이란 바로 시의 모습과 같은 것이 아닐까? 시는 기적처럼 떠오르면서 이 시집에서 세 가지 뜻으로 분류된 모든 부정적인 '기생 현실'을 참다운 현실로 경이롭게 변모시킬 수 있는 꿈을 보여주기 때문이다. 시는 현실을 변화시키려는 꿈의 의지이다. 그 꿈은 불꽃처럼 타오르다가 재가 되고, 다시 불꽃이 된다. "재와 불꽃 사이에서 완성된 재─불꽃의 불멸에 울다" "언제나 처음부터 다시 시작하고 싶을 때/그 저열한 마음에 타오르는 모든 것은 재─불꽃!"(「포옹」)처럼, 현실에 대해서 시는 "재─불꽃"으로서 끊임없이 타오르고, 재가 되고, 다시 타오른다. 그것은 순차적으로 반복되는 것에 머물지 않고, 재─불꽃이 하나가 되는 순간에 도달하기 위해서 존재하는 것이다. 그런 점에서 시는 시간과 공간 속에 있으면서, 시간과 공간을 초월해 있는 것이기도 하다.

　　시를 읽으면, 앉은뱅이 벌떡 일어나고

　　시를 읽으면, 광인이 맑은 눈빛으로 엉엉 울고

　　시를 읽으면, 살고 싶은 마음이 얼마나 간절한지
　　　　　　　　　　　　　─「세바스토폴 거리의 추억」 부분

시는 이렇게 기적이고 희망이다. 시는 아무리 절망의 현실을 노래하더라도 삶과 현실에 대한 불꽃같은 희망의 의지이다. 김중이 이 시집의 서시처럼 쓴 「詩」가 그렇듯이, 시는 벼락처럼 현실 세계를 강타하고 길을 절단시키면서, 기적처럼 떠오른 길이기도 하다. 그 길은 누구나 통행할 수 있는 길이 아니다. "아무도 가지 못하는" 길, 그러나 가야 할 길이다. 아무리 그 길이 "불타는, 울부짖는, 눈먼" 길일지라도 그 길을 가야 한다. 아무리 '젖과 꿀'이 넘치는 유토피아의 기적을 추구하더라도, 그곳에 가는 길은 밝고 따뜻하고, 음악이 흐르는 길이 아니라 어둡고, 고통스럽고, 불타는 길이다. 시는 그런 점에서 절망을 끌어안고, 절망과 함께 가는 힘찬 희망인 것이다. ▨